청어詩人選 317

무던히
살아왔어

오남식 시집

무던히 살아왔어
오남식 지음

발 행 처 · 도서출판 청어
발 행 인 · 이영철
영   업 · 이동호
홍   보 · 천성래
기   획 · 남기환
편   집 · 방세화
디 자 인 · 이수빈 | 김영은
제작이사 · 공병한
인   쇄 · 두리터

등   록 · 1999년 5월 3일
(제321-3210000251001999000063호)

1판 1쇄 발행 · 2022년 1월 20일

주소 · 서울특별시 서초구 남부순환로 364길 8-15 동일빌딩 2층
대표전화 · 02-586-0477
팩시밀리 · 0303-0942-0478

홈페이지 · www.chungeobook.com
E-mail · ppi20@hanmail.net
ISBN · 979-11-6855-006-3(03810)

무던히
살아왔어

시인의 말

일제 강점기 산간벽촌에서 태어나 소학교(초등) 입학 때부터 일본 말을 가르치는 학교에 보내느냐 마느냐로 증조부와 조부 부친의 시국관 차이로 하여 어린이시절에 취학부터 2년이나 뒤늦게 시작한 얄궂은 운명의 소유자.

타향살이로 시작한 광주사범 재학 중 어수선한 시대 (6·25전쟁)로 하여 감옥살이까지 해 본 연후에 어렵사리 진학하여 조선대학 법학과를 졸업하고 취직된 호남신문사도 정의감에 불타던 젊은 혈기에 우여곡절의 50년대 말에 기자직을 사직하게 되어 전전긍긍하다,

만용으로 1962년에 단신 상경하여 가까스로 얻은 직장생활, 서울특별시청 근무기간에도 중상모략으로 억울하게 두 차례나 '파면'이란 수모를 당했으나 사필귀정으로 복직되곤 하여 30년 근속 후 정년(은퇴)하였기에,

연금으로 노후를 탈 없이 지내던 90년대 말에는 대장암과 폐렴이란 중병으로 두 번이나 사경을 겪었는데도 살아남았으니 사주팔자는 그리 나쁘지 않아 주어진 시련을 통하여 그런대로 세련되어 덤으로 살아가는 인생이 어느새 90을 넘긴 노쇠한 육신이라.

보행은 불편하지만 아직 정신은 맑아 시답지 않은 시집이지만 이번에 다섯 번째 저서로 이 졸작을 출판하게 되니 나름으로는 감개무량하여 두루두루 감사하고 얼마 남지 않은 삶에도 정성을 다 할 것을 다짐하면서,

후대들에게 간절히 바라노니 부디 '책사랑' 정신으로 일상에서 독서를 즐김으로써 의식 수준을 높여 보람찬 삶을 꾸려 올바른 역사의식으로 국태민안(國泰民安)되게끔 민주국가의 주인으로서의 사명을 다하기 바라는 마음 간절하니 경륜에서 하는 선대들의 잔소리도 꼭 귀담아 주기를 소망하노라.

2021년 겨울
院谷文學館에서
院谷 吳 南 湜 배

무던히 살아왔어

5부

부록
─에세이

1부

90을 넘겨 노쇠한 육신
보행은 불편하나 정신세계는
정상으로 글을 읽고 쓰는지라

분명코 얼마 남지 않은 여생
어떤 일로 무얼 남기고 갈지
창문 열고 푸른 하늘 바라보며 고민 중일세

무던히 살았네

두메산골에서
일정 때 태어나
꽁보리밥도 감지덕지였고

'게다'라는 신발
닳아질까 아까워서
손에 들고 맨발로 다닌 학교

일본말 배우며 보낸
소년 시절 군사훈련까지
지치고 지친 암울한 6년 세월

초등학교 졸업 후
일본군 지원병 선발
세상물정 몰라 기뻐한 철부지

부모님 애간장
타는 줄도 모르고
소집 장소 경찰 주재소에

쫄랑대고 달려가
신체검사 받았으나
체중미달로 낙방되어

낙심하며 귀가했더니
반기시는 부모님 눈물
알아차리고 1년 세월 보내고서야

'해방'이란 말 처음 듣고
태극기도 처음 구경한 후
광주사범학교 어렵게 진학했는데

여수순천 사변으로
육이오 사변으로 학우
많이도 잃은 얄궂은 학창시절

감옥살이까지 한 무서운 세상
대학을 어렵사리 졸업한 직후
은사(학장) 추천으로 얻은 직장

교사와 신문기자 생활도
소용돌이 3년간 살벌함 속에
몸부림치다 용단으로 사직한 후

처자식 남겨 두고
나 홀로 서울행차 이모집 찾아
10여 일 눈칫밥에 무위도식 하다

행운으로 얻어진 직장 서울시청
임시서기 발령으로 시작되었으나
30년간 공직이 우여곡절 파란도 많아

표창도 타고 훈장도 받았으나
시기와 질투 소용돌이에 휘말려
두 차례나 파면도 당하고 복직도 되어

정년으로 은퇴를 하여
연금생활로 노년을 보내니
무엇인가 말년에 하고파 궁리 끝에

방치된 고향생가 다듬다 지쳐
얻은 지병으로 사경을 헤맸으나
건강 되찾아 뜻한 바 소원 그대로

'원곡문학관'으로 개축개관하고
뜰 안에 '만인의 추모탑'이라 명명한
영정을 봉안하는 돌탑도 축조하여

단군왕검을 위시한
선대 조상영정을 봉안 추모하노니
흐뭇함을 만끽하는 노후생활을 즐기나

90을 넘겨 노쇠한 육신
보행은 불편하나 정신세계는
정상으로 글을 읽고 쓰는지라

분명코 얼마 남지 않은 여생
어떤 일로 무얼 남기고 갈지
창문 열고 푸른 하늘 바라보며 고민 중일세

서울시우문학 애야

그 이름도 거룩한
현대사의 귀염둥이 '서울시우문학' 애야

자랑스러운 서울특별시우회 산하에
서울시우문인회가 태동한 지 일 년 남짓
산고 끝에 태어나 벌써 여덟 살이 되었구나

너를 낳아 길러온 인사들이야 긴긴 세월
청춘을 바쳐 오직 수도 서울을
가꾸어 왔던 은퇴 노장들 아니던가

그 노고, 그 정성 높이 사 무럭무럭
건실히 자라나 서울특별시우회 빛내다오

만여 서울특별시우 가족들이시여!
육신은 비록 쇠잔할지라도
정신은 아직 이팔청춘이라

붓 들고 문학 활동에
헌신하는 갸륵한 선비 정신 가상케
여기시어 '서울시우문학' 더더욱 사랑하시라

(서울시우문인회 2017년 정기총회, 서울시우문학 출판기념회를 자
축하며)

서울시우회 만만세

어려웠던 그때 그 시절
대한민국 수도 서울
피와 땀으로 가꾸고 키우느라
아낌없이 불태웠던 젊은 청춘

어느새 산수를 넘긴 어른들이시여!

후대들 보살피는 노익장으로
곱게 익은 홍시처럼 성숙한 모습
해마다 펼쳐지는 서울시우회 장수연회장

서로서로 반가움으로 만나
다정다감 추억으로 웃음꽃 피우는데
고령이라 육신은 비록 쇠잔할지라도
해맑은 영혼으로 맛보는 행복감이어라

공직에서 은퇴한 노후세대
이젠 상사도 하사도 아니기에
영예로운 회원들 다 함께 건안하시어

영원토록 빛나야 할 서울시우회 만만세!

두문불출 신세타령

침대에서 일어나다
어처구니없이 넘어져 다친 오른쪽 다리
어찌된 영문인지 아파 걷지를 못 해

119 구급차 불러 실려 간 곳
대학병원 응급실에 한참을 대기한 후
엑스레이 촬영하니 이상 없다며

붕대로 둘둘 싸매주고
인대 운운하며 안정하란다
집에서 두문불출 10여 일이 지났건만
아직도 걷지를 못하니 속 타는 방안투수

미수가 된 노목이라
제 딴엔 평소 조심조심하였건만
집에서 넘어져 집에만 죽치자니 울화통이 터진다만
몸 안에 의사를 믿고 시간을 보내노라

신년맞이

때가 됐으니
떠나야 할 년
신축년이란 그 년은
조용히 떠나갔으면 좋겠다

홀가분하게
미련일랑 두지 말고
가야 할 곳 냉큼 찾아가다오

때가 됐으니
와야만 할 년
임인년이란 그 년은
활기차게 찾아오면 좋겠다

환영하노라
알뜰한 사랑으로
우리 심신 편안히 해다오

수염이나 기르세

산수를 넘기면서
기르게 된 수염이니
보는 사람 따라
추하게 볼 수도 아름답게 볼 수도 있으리라

무성하게 자라나는
수염 소유권 행사로
뜻대로 기를 수도 있으니
나름대로 막중한 고유자산가

거울에 비친 못난 낯짝 주름은 많아도
수염이 감싸 안아주는 것 같아
주야불문 이 내 마음 흐뭇하건만
매만지는 손맛까지도 쏠쏠 하구려

괄시받는 노동(老童)들이시여!
자연섭리로 자라나는 수염이나
자연보호 차원으로 모두가 의젓하게 길러가며
어른대접 받아보면 어떨까

손 전화의 위력

남녀노소 누구나
손 전화 그것으로
어느 때 어디서나
의견교환 대화하며
문자로도 안부 전하는데

그 기능 다양해서
눈을 대고 손끝 살짝 움직이면
눈요기도 풍성해서 얼마나 좋은지

한시라도 손 전화
몸에 지니지 않으면
허전하고 답답하거니와
어디서든 손 전화 만지느라
상면하는 통상예의 사라져서
매정한 사회로 변할까도 걱정이네

행복이 별거더냐

피차가
나이만을
너무 먹어서
보지도 못하고
만나지도 못하지만
글로서 소통을 하고
풍부한 전파활용만으로

서로를
속속들이
이해케 되니
날이면 날마다
주고받는 영혼 선물이
세상만사에 오만가지라
우정일지 연정이라 할지
노년에 행복감 맛을 본다

동물이라 할지라도

사람도 역시나
움직여야 사는지라
분명한 동물이라 하겠거늘
다정다감하여 예쁜 짓도 하고
미운 짓도 하며 살아가기 마련이지만

동물보다
빨리 움직이지는 못해도
싸움도 하고 화해할 줄도 아는
고등동물이요 만물의 영장이라서

책이란 보물도 가졌으니
독서로 꾸준히 배움으로써
빛나는 역사만을 창조하여
오로지 문화예술로 삼간*을
아름답게 가꾸는 삶이 되어야 하리

*인간(人間), 공간(空間), 시간(時間)을 말함

분수대의 물

정원에 있는
손바닥만큼이나
작은 연못 분수대를
하염없이 바라보노라면

위로 올라가는
힘찬 물줄기는
나름의 천성인지

어느 정도 이상 공중으로
올라가면 안 된다는 듯이
연못으로 또다시 내려오는데

우리네 인간들은
왜 제 분수를 모르고
주변배려도 없이 올라서기
좋아하다 패가망신을 하는지

은덕으로 살았노라

오늘날에 88 미수까지 살아남아 있음은
하나님 조상님 은혜에다 처자식 덕분이요
형제는 물론 가까이 지낸 친구들 덕택이리라

오래 산다는 게 무슨 대수이리요만은
그래도 자식들 잘 살아가는 장한 모습 보고픔은
내 마지막 소망이라 장수하니 이리도 좋구나

파란만장 우여곡절 속에 살아온 인생
육신은 비록 낡았어도 영혼은 아직 청춘이라
나름대로 세상사 보고 느끼는 점 많은데

귀담아 듣지 않으려는 시대사조라
말 않고 지내자니 더러 아쉬움도 있다만
어련히 잘할까란 믿음이 있어 마음은 편안하도다

2세 5남매와 후손들에게 간절히 바라노니
자기 존재의 근본을 깨달아 조상숭배하며
다음 세대에 모범이 되도록 가정사 꾸려가고

주어진 시공간을 진선미(眞善美)로 처세하되
일상운신에서는 자기 건강을 1순위로 삼아
다정다감으로 주변에 베푸는 삶을 살아다오

(2017.1.25. 원곡미수기념회 오찬연회장에서)

청천백일하의 여생

구름 한 점 없는 청천백일하
고향 생가 마당에 낙엽은 바람 따라
바스락거리며 제멋대로 굴러다니고

앞 뒷산에 단풍잎은 형형색색 자랑하며
영원히 존재할 양 반짝이고
뒤뜰 소나무 대나무도 독야청청 뽐내는구나

늦가을 불어오는 쌀쌀한 찬바람
마당에서 외로이 서성이며 사색에 잠긴
허전한 노목을 더더욱 쓸쓸하게 할지언정

뒤돌아보는 지나간 반백년 타향살이
그 모질고 어려웠던 긴긴 세월
그 시절의 친구들이 마냥 그리운데

생가터전 유산으로 남겨주신 부모님
집안 어른의 준엄한 음성이 귓속을 후비니
조상에 감사하고 자연섭리 따라 마감할 인생

운신이 시원찮은 노동(老童)인지라
가능한 한 산간벽촌 고향 생가터전에 머물며
책을 벗 삼아 생각 근육이나 제대로 가꿔보리라

가치 있는 여생

얼마 남지 않은 여생
가장 가치 있는 소일거리란
과연 무엇일까 곰곰 생각하면서

동창을 열어 제치고
붉게 떠오르는 장엄한 아침 태양에게
기도하는 마음으로 조용히 물어봤더니

자신을 사랑하지도 않고
남을 미워하지도 않는 저 풀꽃처럼
높고 험한 산도 곧장 오르는 바람처럼
어떤 장애물도 잘 피해 흐르는 강물처럼

아름답고 넉넉하게 이웃 살피고
부드럽고 강인하게 건강 챙기며
배우면서 웃으면서 부지런히 소일하라 하네

세상 탓

세상사란 끊임없이
사람이 만들어가는 건데
왜 잘못 하는 짓들을 보고
온통 세상 탓으로만 돌리는지

자식의 불효로
집안이 망해가도
양심을 내던져버린
정객들의 말장난으로
나라살림이 거덜 나는데도

그저 말하기 좋게
남들 듣기 수월하게

어쩌자고 너도 나도
세상 따라 산다며
팔짱끼고 무사태평으로
세상 탓으로만 돌리는지
정말 알다가도 모를 일이로다

사랑이 무어라

좋아하면 사랑이고
보고 싶어지면 사랑이다

그리우면 사랑이고
만나서 기쁘면 사랑이다

잘못을 접어주면 사랑이고
이해하고 용서하면 사랑이다

항상 관심 두면 사랑이고
무엇이든 주고 싶으면 사랑이다

위하여 웃어주면 사랑이고
영혼으로 안아주면 사랑이다

그러니 사랑하면 되고
그 사랑 그게 별거 아니더라

소박한 꿈

수의를 생시에 준비하면
무병장수 한다는 옛 속설처럼
본인이 스스로 즐거운 마음으로
자신의 영정을 미리 준비하면 어떨지

영원토록 보존할 곳
그 이름 '만인의 추모탑'
고향 개천 돌로만 축조한 탑 안에
단군왕검, 세종대왕, 이순신 장군 영정
상 위에 봉안하였으며

'원곡문학관'과 인연 있는 인사
영정도 함께 봉안하고자 소망하니
국토사랑으로 분묘 남기지 않으려는
소박한 뜻에 공감하시면 동참하시라

말년에 자가용 선물

명색이 고등동물이라
80년대 초에 '포니'라는
네 발 달린 자가용차 처음 가져보고

이어서 '스텔라', '소나타'와
동고동락하며 공무에 종사한 후

90년대 전반, 60대 초에 은퇴하면서
자가운전의 마지막 나들이 친구 삼아
'그랜저'와 즐겁게 만났으니 행운이었지

더러는 전국방방곡곡 신나게 누비면서
서울과 시골을 오가며 세상사 살피고
방치된 고향 생가 다듬는 일에 요긴했던

자가용이란 이름의 문명이기인데
나이 80대 중반에 아쉽게도 이별한 후

하체 부실 노목되어 지팡이 신세라
그도 넘어질까 우려하여
후대들의 주선으로 다시 만난 '자가용차'

그 이름도 거룩할 손 '사륜 장애인차'
가까운 곳 마을 산천 나들이 자유자재
손수운전이니 이거야 정말 좋은 세상이야

다정다감

울 안에 갇혀 살아가는
하찮은 닭과 토끼의 생명도
그 살아가는 모습 유심히 볼라치면

서로 서로 위하여 정이 넘쳐흐르고
풍부한 감성으로 삶을 즐기는데

만물의 영장이요
고등동물이란 족속들은
내 이웃이 잘 되면 시샘하고
상대방이 못 되길 바라는 심보이니

훈훈한 정, 아름다운 그 감성
인간 본성에서 우러난 그 다정다감
도대체 어디에다 숨겨놓고
이리도 각박하고 살벌하게 살까

나도 부자다

내 마음대로
차치고 포치고
할 수 있는 지구상에
천여 평의 뜰 안 공간이
비록 산간벽촌에 있지만
내 생가가 엄연히 현존하여
이것저것 심어 가꾸어보고
닭, 꿩, 토끼, 강아지도 길러보며

산수를 훌쩍 넘긴 육신으로
돋보기, 지팡이 신세질지라도
서울, 시골 고향 유유자적 오가며
문학을 사랑하여 책을 읽고 글을 쓰며
소박한 '원곡문학관'도 설립하고
조상 숭배, 뿌리를 찾으려

'만인의 추모탑'을 세운 명색이 시인
후대를 위하여 생각하고 행동하니
분명코 난 부자이니 기죽을 게 없으리

2부

고목이 녹슬어
부스러지기 보다는
모질게 닳아져가야만 하기에

딴에는 자기 존재가치
언제나 소중히 여기려는
영혼은 온건하니 축복이로세

어리석어나 보세

고목이 녹슬어
부스러지기 보다는
모질게 닳아져가야만 하기에

딴에는 자기 존재가치
언제나 소중히 여기려는
영혼은 온건하니 축복이로세

노쇠한 육신일지라도
세상사 피부로 느낀 바 많건만
아는 일에도 모른척함이 슬기려니

노후고목은 자신의
허점이나 털어 보이는 게
그나마 천대라도 면하는 이 한 세상

백발백수들이시여!
오나가나 그 어디서나
후대에겐 마냥 어리석어나 보세

생각이 좋아야

인간이기에
진리를 탐구하여
이치에 맞는 언행으로

주어진 시공간에서
서로서로 비평보다는
진취적인 개척자 정신으로

생각들만 좋으면
인간사도 아름다워져
지상낙원에서 살게 되련만

모자란 생각으로
언행부터 거칠어지니
심난한 행동이 나올 수밖에

금수강산에 사는 이여!
생각부터 올바로 하여
아름다운 세상 만들어 가세

사랑의 가을 노래

지팡이 신세라 삶이 고달플지라도
하늘 쳐다보면 힘이 되어주는 시우문우 상상화

마당 위에 맴도는 고추잠자리 머리에 이고
간간이 떨어지는 예쁜 낙엽을 밟고 지내며
90고개 넘기는 삶이라서 추억만이 아롱아롱

강물처럼 흘러 돌이킬 수 없는 세월
말없이 흐르는 한강처럼 조용한 시우여
서로 사랑 나누며 살아도 너무나 짧은 여생

철없는 후대들이 서운케 할지라도
고목이 쌓아올린 미덕이야 어디 가리
가을 향기 그윽한 이 밤, 귀뚜라미 노래에

우리 행복 어울림 되면 밝은 해 뜨지니
다 함께 사랑의 기쁨으로 풍요로운 웃음으로
문학세계 즐기면 백세고개 넘겨도 건승하리

봄비는 내리는데

부슬부슬
봄비 내리니
생가터전에 심어진
온갖 생명의 숨소리 들리는데

새싹과 새순들을
우두커니 홀로 서서
하염없이 바라보노라면

경이로운 생명의
소중함을 절감하며
삶에 대한 희망과 용기
노심(老心) 영혼에도 새로워지건만

만발한 꽃잎들
봄비에 처량하게 떨어지니
어쩐지 눈물겹게 안쓰럽구나

낙엽의 운명

겨울로 접어든 계절에
떨어진 낙엽들이
형형색색 자랑하며
찬바람에 웅크리면서도
화려하게 땅 위를 수놓지만

낙엽인들 어찌 제 맘대로
한 곳에만 머물러 있으랴

자연의 섭리 따라
새 봄을 위한 밑거름으로
흔적도 없이 사라지겠지

정원의 상사화

뜨거운 여름 한 철
무더위만 한 아름 안고
오순도순 잎들만 무성하더니

선선한 초가을 바람에
잎들은 온 데 간 데 없고
의젓하게 피어난 어여쁜 상사화

잎들이 사라지고서야
꽃들이 의젓하게 피어났으니
그 사랑 이루지 못해 상사화라 하는가

몸에 실오라기 하나
걸치지 못해 부끄러워도
그님만을 그리워하는 여인이라
눈여겨보기 민망한 정원의 상사화

정원에 핀 백일홍

반세기가 넘도록
자라난 앙상한 백일홍
사람 키보다 한 뼘 남짓 크지만

해마다 삼복더위에
몸부림하는 사람 비웃듯
화려하게 꽃을 피운다

백일동안 피어 있다
가을바람 살랑일 때
서서히 자취를 감추는데

더울 때를 기다렸다
제 모습 드러내는 꽃
올해에는 더더욱 아름다워라

고추잠자리

초가을 석양의 창공을 노닐 듯
두둥실 날아다니는 고추잠자리

무엇을 찾아 이리저리
날갯짓을 하는지

어디서 날아와
동서남북 오고가며
드넓은 허공을 차지하고

여유로이 태평세월 즐기는
그 모습 아름답지만

언젠가는 너희들도
원점으로 돌아갈지니
주어진 시공간을 몽땅 사랑해야 하리

조상 찾는 낙엽

쌀쌀한 초봄이면
마당가 감나무 가지마다
소리 없이 피어나는 작은 잎새

모진 비바람과 무더위를
묵묵히 견디고 자라나서
녹음방초 자랑으로
여름을 즐기며 맺은 열매 감싸더니

쓸쓸한 가을볕과 서늘한 바람에
자라고 익어가는 대봉옥시*
수줍게 낯을 붉히며 완숙을 뽐내네

제 구실 다한 단풍잎
말라빠진 몰골이지만
애처로이 떨어지면서도
조상 위해 제 뿌리 찾아들어
부스럭부스럭 월동을 준비 하네

*홍시로 먹는 감의 이름

뜰 안에 감나무

그리도 그렇게도
푸르른 잎새 자랑하며
몸단장에 분주한 뜰 안 감나무
시샘 없이 제 나름에 열매 맺어

넓디넓은 뜰 안을
온통 풍요롭게 해줬는데
봄여름 모진 비바람 견딘 후
시원한 가을바람에 단풍낙엽이라

홀라당 옷 벗은 나목엔
알차게 익어 매달린 열매
된서리 맞은 얼굴 붉히며
어서어서 안아가라 손짓하는데
앙상한 나목은 월동준비 바쁘구나

풍요로운 감잎

오월 하순이 되면
뜰 안 과일 나무 중
가장 넓은 잎으로
번들번들한 윤기를 뽐내는
미풍에 춤추는 아름다운 감잎들이여

어쩐지 행운을
안겨 줄 것 같아
오늘따라 유심히 다가가보니
옛날 선친께서 장남 출생기념으로 심으셨다는
대봉옥시라는 이름의 키 큰 감나무

장남 그 누구처럼
몰골은 늙어 그저 그렇다만
감잎 사이에 맺은 감꽃을 보니
비록 고목이라도 제 할 일 알아서
주어진 사명만은 끝내 완수하려나보다

고구마 예찬

고구마처럼
풍요로운 먹거리
누구나 좋아하지만
자라나는 그 모습도 장하구나

초봄에 땅속 깊이 심어둔
씨고구마에서 자라난
가냘픈 잎줄기 잘라
부지런한 노파 손놀림으로
무더운 초여름에 모종을 심으니

비실비실 몸부림하다
힘차게 소생하는 생명줄기
보란 듯이 무럭무럭 잘 자라
소불알처럼 커야만 할 알맹이는
땅속에 숨어서 자라고 있을 터인즉
가을이 오면 손맛 눈맛 입맛 다 보겠네

시골에 온다더니

서울 가서 애인친지들 만나면
노목이 지내는 시골에 와본다더니
오지도 않고 야속한 언약만 이어지네

쇠잔한 몰골 보고파서가 아니라
고소한 흙냄새 솔향기 못내 그리워
두메산골 내 고향 찾으리라 굳게 믿었는데

이제나 저제나 기다려도
만화방창 봄철에도 아니 오더니
우수수 단풍이 떨어져도 아니 오는군

엄동설한에야 아예 기대도 안하지만
쇠잔한 노목 만나본들 독서하란 잔소리나
귀 따갑게 들을 진데 아니 오길 참 잘했지

하지만 못 만나 아쉬운 사연
어찌 내 인생살이에 한두 번이던가
얼마 남지 않은 여생 친지들이 더욱 그리워라

개살구

모든 과실에는
멋도 있고 맛도 있거늘

토실토실
생김새는 멋있어
먹음직스레 보였는데

그 맛은
왜 그다지도 없었을까

그래서 이름도
개살구라 하는가봐
멋보고 맛보다
내 인상만 구겼네

문병 온 친구들

고목이 되니 하체부실로
느닷없이 침대에서 넘어져 다친 발목
119 신세로 병원 진료 받은 후
외로움을 삼키며 두문불출하는데

영하의 매서운 엄동설한에
80 후반의 옛 고교동창들이
남쪽 한강 건너 머나먼 북쪽 내 둥지까지

노구를 이끌고 문병 온 그 용기
백수 3인의 훈훈한 그 거룩한 우정이여!
반가움으로 넘쳐흐르는 주름진 얼굴의 미소

피차 얼마 남지 않은 여생인지라
대화야 흔히 하는 잔소리 그것일지라도
정담에서 우러나는 온정은 소중하기에
아픈 내 발목 치유에 분명코 귀한 보약 되리라

보고 싶어도

주말이 되면
어느 누가 오려나
은근히 기다려 보건만
아니 오니 허탕 치는 심정

전화기를 만지며
벨소리가 울릴까
온 신경을 곤두세워도
무소식이 희소식이라 그러려니 하는데

이 나라 미풍양속
가정에서 가르치고 배웠건만
서양풍조 핵가족을 따르다보니
고작해야 부부, 부모자식이나 만나보고

조손간 형제간의
소통대화는 오간 데 없이 사라져
도의도 아랑곳없이 너는 너 나는 나
한심한 세풍이니 정 없는 세상살이로세

예의도 모르고

사람이 우선 짐승과 다름은
예의를 알아서 지키는데 있거늘

그저 바쁘다는 핑계만으로
마땅히 찾아와야 할 명절에

안부전화조차 할 줄 모르고
무심히 보내는 짐승과 같은 배짱

한심하게 변해버린 사회풍조
이젠 선후배도 위아래도 모르나봐

사랑하면 내 것이더라

여보게 친구들
진선미(眞善美)로 사랑하니
모든 게 다 내 것으로 되던데

이걸 왜 모르고
미워라 성화했을까
난 지금 후회막심해

미운 짓을 하더라도
사연 있어 그러려니 짐작하여

용서하고 불쌍히 여겼더니
저절로 나는 패자승(敗者勝)되더라고

여보게 친구들
너무 미워라 하지들 말게
사랑한다면야 다 자네들 거야

반가운 손님맞이

귀한 손님이 많이 오셔서
너무도 반가워 모처럼 실컷 웃었고 흐뭇했었다

전국 각처 정다운 문우들
관광버스 두 대와 승용차 편으로
흔맥(韓脈)문학 추계 문학기행 뜻 깊은 선비 행차

가을단풍 한 아름 안고 웃음 꽃 피우며
산간벽촌 희미한 존재 원곡문학관으로
한 자리에 많은 분이 오시니
당황해서 긴장도 했었지만

모두 껴안고 덩실덩실
춤추고 싶었던 80대 노동(老童)들의 대화
가누기 힘들었던 그날의 벅찬 시공간은
흔치 않은 환영행사 마당이었기에
영원토록 잊지 못할 아름다운 추억 되리라

최소한 뿌리는 알아야

물을 먹어야 사는 생물은 모두
뿌리가 있기 마련이라
그 뿌리로부터 받아먹은 물로
성장발전을 해가나니
삶을 영위하는 우리네 사람들 역시

뿌리인 선대가 엄연히 계셨기에
지금의 행복을 누리기 마련이고
다시 또 이어져 후대인이 탄생하건만
황금만능주의 풍조로 정신세계 빈곤하니

이러한 뿌리의 고마움조차
저버리는 안타까움으로
제 뿌리 자체를 잊고 살며
아예 의식에 염두조차 없으니
우리의 인간사가 뒤죽박죽이라

눈에 보이는 물질세계에나
온 신경을 곤두세워 법석들이지
눈에 아니 보여도 진정으로 소중한 가치
제 뿌리를 모르고 사니 슬프고 애닳은 일이야

3부

언제나 겸손의 미덕으로
싸가지(仁義禮智) 지니고 삶을 누릴 줄 알아야 하며

부모의 단 소리보다는 쓴 소리에
더 귀 기울여 매사 의논하는 자세도 지녀야 하리

주변에서 우러러보는 일상생활 태도로서
자신의 행운, 꼭 지켜 혼인 후 더더욱 행복하여라

손자 혼인 자축하노라

우리 인간은 누구나
중대한 사명을 안고 이 세상에 태어났지

선대부모 은혜 헤아릴 줄 알면서
반드시 후대자식 탄생시켜 길러야 할 거룩한 사명

인간대사 혼인이란 남녀 둘이 만나
한 가정을 창립함으로 후대자식은 반드시 2명 이상

부부 인연이란 하늘이 정해준 것
가장으로서 주부로서 서로 위하여 모자람 보태가며

한평생 열심히 멋있게 삶을 누려야
주변에서도 대접하고 찬양하며 부러워하리라

언제나 겸손의 미덕으로
싸가지(仁義禮智) 지니고 삶을 누릴 줄 알아야 하며

부모의 단 소리보다는 쓴 소리에
더 귀 기울여 매사 의논하는 자세도 지녀야 하리

주변에서 우러러보는 일상생활 태도로서
자신의 행운, 꼭 지켜 혼인 후 더더욱 행복하여라

훈계도 잔소리라고

웃어른 훈계도 잔소리라 하니
후대들 스트레스 받을까 겁나
하고 싶은 말도 감추고 사는 세상
그저 엉거주춤 자기 몸만 사리며
부모는 자식눈치 살펴야 하고
스승은 제자 기분 맞추는 세상
어쩌다 세시풍조 이 지경이 되었을까
모두가 제 고집 제 맘대로 하려 드니
어떻게 세상열차 올바르게 달리겠는가
어련히 잘 하겠지 그저 그러려니
굿이나 보고 떡이나 얻어먹자 한다면
어떻게 아름다운 세시풍조 이어질까
부모는 어버이답게 자식은 그저 자식답게
스승은 스승답게 제자는 제자답게
선배는 선배답게 후배는 후배답게
각기 윤리와 도덕을 바탕에 깔고
진실한 마음으로 순조롭게 소통하면
모두가 제 자리에서 행복하련만
웃어른 훈계도 잔소리라 서운한 노릇이로다

부부 사랑

천생연분 반백년 지나도록
긴 세월 동고동락한 부부사이
무던히 그 사랑이었건만
이제는 흐지부지 되어가는 사이

사랑하며 미워하고
미워하며 사랑했던 사이
지나온 추억 속을 헤매기에
고독해서 서글퍼지는 사이

어쩔 수 없이 마지못해
그저 사랑하는 척 하며
보내는 어설픈 나날이라
마음에야 아쉬움인들 없을까만

이제는 볼품없는 몰골
어쨌거나 덤으로 사는 인생이라
서로가 태산같이 믿고 호흡하니
설마한들 부부 사랑 변함이야 있으랴
탈 없는 부부 사랑 건강이나 바라보세

진정성이 없으니

눈 가리고
아웅하려는 의도만으로
수작만 부리며 쫄랑대는 친구들

온 세상이 제 세상인 양
설치는 속내 훤히 보이지만
그래도 체면상 모르는 척 할 수 없어
한두 번은 웃고 속아 넘어주었다만

그 속내 도통 모르는 줄 알고
제 버릇은 개도 못 준다는 속담처럼
나쁜 습관 고칠 생각은 아예 않고

양심을 속이는 것도 실력이요
자랑스레 처세술로 여기면서
윤리도덕을 망각하는 인간들
바라노니 주변에서 속히 사라져다오

그대 있었기에

내 평생 공기처럼
그대 곁에 있었기에
산수후반을 헐떡이는
나약한 등신이 되어서도

책을 사랑하고
탈 없이 글을 쓰며
주어진 시공간을 즐기나니
고맙기 그지없어 눈물겨운데

앞으로도 몇 년이나
더 도움을 받아야 할지
생각하면 미안한 마음뿐
그 은혜 저승에 가서라도
보답할 수 있었으면 좋으련만
오늘도 그저 감사 감사할 뿐이요

사랑이냐 미움이냐

오로지 사랑하기에
잘 되기 바라는 소망으로
연배 입장에서 책임감 느끼며
어디서나 무례한 후배 행위 볼라치면

어김없이 지적하고
주저 없이 타이르건만
저 미워하는 줄로만 여기나니
이거야 정말 답답한 노릇이군

철없이 제 멋대로 놀아나며
좋은 시절 갈팡질팡하는데도
내 편안만 찾아 본체만체 하자니
양심과 사명감으로 고달픈 선배로다

선비들의 체통

문인의 처신이라면
우선 하는 말부터 아름다워야
선비로서의 체통이 올바로 서는데

문학행사 참여하다보면
분명 대접받는 입장임에도
더러는 감사할 줄은 모르고
베푸는 이의 험담을 즐기나니

제 잘난 체하는 방법도
역시나 이모저모
사돈네 팔촌이 땅을 사더라도
축복할 줄 알아야 선비정신인데
험담은 옆에서 듣기도 민망하드라

철부지들이 판치는 세상

의젓하게 심사숙고하여
세상사 앞일 제대로 내다보고
경거망동하지 않으면서 정의롭게

누가 뭐라 해도
올바른 방향 설정하고
정정당당 인간사 치르면 되거늘

앞을 내다보지도 못하고
사방팔방 설치다
용두사미로 흐지부지하여
물심양면 손실을 보고도

뉘우침 없는 변명만으로
미래야 어찌되건 당장 실속 챙기느라
옥신각신하는 철부지들 많아 걱정이로세

잘못 흐르는 시대사조

동서고금 어느 시대를 막론하고
동물의 성장과정들이 언제나 문제인데

하물며 우리들 사람이란 동물이야
그 성장과정이 그 얼마나 중요하리요

그런데도 제 자식 귀엽다 하여
오냐오냐 하는 과잉보호로 성장했으니

세상물정, 못 살피는 천방지축으로
선악마저 구별 못하는 철부지 노릇이라

도리도 못 지켜 불효막심이요
제 나라 사랑할 줄도 모르니 어찌 할 거나

고목의 눈에 비치는 느낌은 어쩐지
잘 못 흐르는 시대사조라 앞날이 걱정일세

구대인의 기도

어느새 산수 넘긴 고목들
오래오래 숨을 쉬니 다행스럽지요
파란만장한 시대에 산전수전으로
아름답게 이룩한 수도, 서울시우 노옹들

아직 눈썰미는 무던함에도
함께 살아가는 후대 실세들로부터
괄시받는 풍조라 서글프고 안타깝구려

어쨌거나 현대를 누비는
실세들을 기르고 가르친 건
우리들 구대인들이 아니던가
그러니 누구를 어찌 원망하리요
우리 구대인 잘못 가르침이 그 탓인데

지하철은 누구 때문에 타는 줄도 모르고
천방지축 소란스러워도
그저 입 다물어야 하는 시대사조라

서울시우 회원들이시여!
우리들의 동지애 꼭 끌어안고
건강만은 챙기면서 국태민안 위해
천지신명께 기도나 정성으로 하다가서
선대들이 부르면 그냥 웃으며 가지요 뭐

만나보자

누구나
일단은 호의로 만나보자
만나서 의사소통함으로서

사람의
됨됨이를 파악하여
사귐에 서로서로 도움으로

좋은 인연되어
행복씨앗 뿌려가면서
오로지 믿음으로 거래를 트면

서로 먼저 베풀려는
심성에서 우러난 미덕으로
소원성취하고 자아실현 되리라

잔소리와 스트레스

할아버지
잔소리로 제 자식이
스트레스 받는다 하여

조손간에
대화접촉 꺼리는
신세대 부모들이 대부분

스트레스
시련을 겪어야 세련되어
성숙한 인물로 성장하는 건데

자식사랑
지나쳐서 과잉보호로
자식 신세 망치는 알량한 부모들

유행처럼
너도나도 유식한 척 설치는
가정교육 풍토가 여간 안타까워라

사랑의 가을노래

비록 오늘의 삶이 고달플지라도
나 홀로 높다란 하늘 쳐다보노라면
늘 힘이 되어주는 서울시우회 사랑

마당 위를 맴도는 고추잠자리 머리에 이고
간간이 떨어지는 고운 색색의 낙엽을 대하니
반세기 전 서울시 공직 생활 추억만이 새롭고

흐르는 물처럼 시간을 흘러 돌이킬 수 없음이라
말없이 흘러만 가는 강물 같은 서울시우 동지시여!
서로서로 마음의 정을 나누며 살아도
너무나 짧은 우리네 인생 여정
간혹 철없는 후대들이 힘들게 할지언정
기왕에 이룩한 우리의 미덕이야 어디 가리
어쨌든 귀뚜라미 노래하는 가을철 그윽한 향기 속에

나름의 행복이 어울림 되어 달이 지면 해가 뜰지니
비록 고목이지만 기쁨과 사랑으로 풍요로운
가을 향기 가득한 오늘의 장수연회
맘껏 즐기시고 만수무강 하소서

(2019년 서울시우회 장수연회에 부쳐)

유구무언 하라지만

고목이 된 육신은 쇠잔할지라도
훈수로 잔소리는 아직 할 수 있어서
후대들에게 하고픈 말이 많고 많다만

구대인 노옹들은
조용히 입 다물고 건강이나 챙기라 하니
고마운 일로 여겨야 할 세시풍조라 할까

하지만 유구무언, 유심히 보자면
세상이치를 몰라 날뛰는 실세들로
돌아가는 우리 세상 꼴이 답답해서

노후를 보내는 말년여생
밤잠을 설치는 근심으로
설마 설마하고 있다만 후회막심이 아니 될지

세상이치 인간도리 곰곰이 생각하고
산전수전 겪어본 선대들의 장한 훈수에
귀 기울일 줄 알아야 행복하리

전파로 하는 사랑

서로서로
주거니 받거니
문자로만 음성으로만
평생을 함께한 사이처럼
다정다감으로 수다를 떨며

속속들이
마음속 더듬어
아름다운 옛 추억까지
끄집어내 어루만지며
인간만사 껴안고 속삭이는데

서로 문동(文童)이라
낮이나 밤이나 심심하면
문명이기 전화로만 만나는
아름답고 고상한 문우의 순정
아마도 천정의 연정(戀情)이기에
종신토록 변하지 않는 사랑이리

감사할 줄 모르니

부모에게
감사할 줄도
모르는 자식들이여

스승에게
감사할 줄도
모르는 제자들이여

선배에게
감사할 줄도
모르는 후배들이여

제 나라에
감사할 줄도
모르는 국민들이여

통탄할 노릇이라
어쩌다 이리 됐을까

인간도리 제대로 깨우쳐서
우리 모두 행복을 누렸으면

가거나 말거나

갈거나 말거나
숨 멈춘 친구 상가 조문
슬기로운 말재간에 재미난 농담
수일 전 통화에 쩌렁쩌렁한 음성

돌연히 저승으로 떠나니
야속하고 무정한 친구로세
유족은 아무도 모르고 지냈으니

내 노구 이끌고
가봤자 그렇고 그래
그쪽 하늘 하염없이 바라보며

지난날 두터웠던 우정
아름다운 추억 더듬으며
불원간에 나도 뒤따라가리니
먼저 떠난 친구 명복이나 빌어야지

그리운 사람

우연한 인연에
흔해 빠진 전파로
시도 때도 없이 격의도 없이
심심풀이 삼은 소통으로 기뻤는데

말로서 글로서
문학사랑 들먹이고
노후 인생에 인정 나누며 지냈으니

그래도 직접
만나보고 싶은
생각이야 어찌 없었을까보냐
아마도 서로가 말 하나마나였겠지

겨우겨우 연장전을
버티어가는 노동(老童)이라
그리움만 하염없이 쌓여갔으니

멀지 않은 날에
견우직녀 된 듯
직접 만나 보자 언약하고 보니
오늘도 그저 즐겁구나

만발한 민들레꽃

꽃샘추위에
마음도 육신도
냉기가 스미는 이른 아침에

노쇠한 육신 이끌고
운동 삼아 생가 마당 거닐다보니

부슬부슬 어제 내린 비를 맞아선지
활짝 피어난 민들레꽃
하얀 씨앗 바람에 날리며

물안개 자욱한 앞산
무심히 바라보는 나에게
선대후대 위해
고향찬가 부르며 힘차게 걸어보라 한다

화순 천종산삼

조상묘역 찾아
벌초하던 40대 고향후배
내 젊을 때 성묘하러 자주 갔던
전남화순의 명산, 백아산 자락에서

1억대짜리 천종산삼 캤다는
기쁜 소식 정답게 듣는데

고령인 불초는
추석명절 성묘조차 못가는 가련한 처지로

겨우 선대묘역 벌초만
남의 손을 빌려 하니
산삼인들 날 반겨줄 수 있겠나

바라건대 후대들이여
뿌리 알아 기도하는 맘으로
제 아무리 바쁜 세상일지라도
조상묘역에도 관심 좀 가져다오

4부

울컥 자식 손자 친우들
그리워 보고프면 훌쩍 상경
한강물 마시면서 수다 떠는데
시시때때 자유롭게 시계추마냥
오가는 고향 남쪽에 있어
큰 행운이로다

쇠잔해진 육신이
얼마나 더 버텨줄는지
앞동산 바라보며 사색에 잠기지만
은퇴말년 신세에 이도 분명 큰 행복이니
고향 잃은 선비시여!
내 고향 함께 하세나

김장

여름철에 심은 무 배추
입동절기 닥치면 수확하여

갖가지 양념으로 버무려
담근 김치는 월동용 부식인데

조상님 지혜로운 식생활 수단
연연세세 이어온 미풍이라서

농촌 노부인들 손길 고되지만
타향살이 자식에게 보내주는 재미

피곤도 잊은 즐거운 마을 잔치라
기쁜 웃음소리 동네방네 떠나가네

오가는 내 고향

두메산골 내 고향에
생가가 남아있어
생각나면 내려가 섬진강 물 마시고
조용한 공간에서 책과 벗하며
산천초목 들과 속삭이는 세월이라

울컥 자식 손자 친우들
그리워 보고프면 훌쩍 상경
한강물 마시면서 수다 떠는데
시시때때 자유롭게 시계추마냥
오가는 고향 남쪽에 있어
큰 행운이로다

쇠잔해진 육신이
얼마나 더 버텨줄는지
앞동산 바라보며 사색에 잠기지만
은퇴말년 신세에 이도 분명 행복이니
고향 잃은 선비시여!
내 고향 함께 하세나

귀향길 귀경길

남쪽으로 내려가는 귀향길
또렷하게 떠오르는 옛날 추억들
어릴 적 유학 시절 모진 타향살이
부모님 걱정만 끼친 불효자였지

하늘나라 계신 부모님 생각에
차창 밖 내다보며 하염없이 나 홀로
한숨만 쉬니 때늦은 후회만 밀려오네

북쪽으로 올라오는 귀경길
서울에서 삶을 누리는 자식들
의연하게 보람차게 살아가는지

이 생각 저 생각에
무등산 뒤로 하고 한강 건너며
아름다운 금수강산 두루 살피니
조국 대한에 태어났음이 행운이로다

지키는 선대유산

조상선대로부터
대대로 물려받은 생가
산간벽촌 고향 땅에 남아 있어

노후에야 찾아들어
삶을 영위하노니
오늘도 생가 잔디 마당 외로이 서성이며

높푸른 하늘 하염없이
바라보면서 고소한 흙냄새
밤꽃향기로 가쁜 숨을 몰아쉬는데

일제 치하 소년시절에
이 일 저 일이 회상되어
'만인의 추모탑' 앞에서 선대 추모하며

후대 앞날에 영광만을 기원하고
두루두루 용서와 감사의 마음으로
산중생가에서 이내 여생 갈무리 하리

봄눈이여, 행운이여

식목일 4월 5일
고향 생가 터전에
사과 묘목 심으며
주룩주룩 비 오기를 바랐는데

느닷없이 눈이 내려
심어둔 연약한 묘목들

차가운 눈보라에
발발 떨어 여간 불쌍하지만

봄눈이라 금방 녹겠지
온천지를 하얗게 감싸버린
백설풍광의 봄눈을 보니
왠지 행운의 징조로만 느껴지네

사과나무 심는 마음

식목일을 맞아 5일장 나들이로
사과나무 묘목 5그루를 서둘러 사와
정성 다해 고향 생가 뒤뜰에 심는 80대 노파

땀 흘려 가꾸는 그 모습이 아름답다
자신이 심은 그 나무에서
사과를 따는 기쁨은 못 누릴지라도

생가터전 물려주신 조상께 감사한 마음
오로지 후대를 위한다는 그 마음 하나라
지켜보는 노목도 행복하기만 하다

후대를 위해 평생을 일만 하시다
저승으로 가신 조상에 대한 흠모의 정
오늘따라 더욱 간절하여

생가 지붕만 쳐다보며 홀로 서성이는 심정
후대들이 눈곱만치라도 짐작할 수 있을까 몰라

고향집 감나무

춘하추동 때를 맞춰
엄동설한 겨울철이면
몸에 걸친 것 하나 없이 다 버린 고목
혹한을 견디며 앙상히 서있던 고향집 감나무

봄이 오면 연한 잎 피기 시작하여
무더운 여름철 무성히 자라는 진녹색 잎새
꽃을 피워가며 탐스런 열매를 맺는다

쌀쌀한 가을바람 불어오니
주렁주렁 자란 열매로 사지가 휘어져도
튼실한 열매 맺느라 정성을 다하던 감나무

붉게 익은 열매만 매달아 놓고
눈 내리기 전 어서 빨리 따가라며
찬바람 속에 온몸을 웅크리고 날 부르는구려

화순동복(和順同福)이라네

우리네 고향
거룩할 손 화순동복
산이 좋아서 물이 좋아서

무등 명산
동남방 자락에
천운, 백아, 모후 등
명산이 껴안은 명승지
맑은 물만 품어 흐르고 흘러
섬진강 이루면서 태평양도 실리는데

빛 고을 상수원
생명수도 넘실대는
동복댐 우리 고을에 있어
언제나 흐뭇한 기분이라
다 함께 웃고 사는 화순동복이라네

삼진날에

오늘은 음력 3월 3일 삼진날
새순이 움트고 온갖 꽃이 피어나
강남 갔던 제비도 찾아드니
나비와 새들도 좋아서 훨훨 나는군

어린 시절 증조부 말씀
삼진날 식목하면 열매가 많이 여느니라
그 음성이 지금도 내 귓전을 맴도는데

뒷동산에 올라 따온 진달래꽃
어머님 솜씨로 귀한 음식이 되었고
증조부님 슬하 대가족 오순도순 모여
화전(花煎)잔치 벌인 삼진날 풍습 그립구나

춥지도 덥지도 않아 좋은 계절
조상님의 은혜 가눌 길이 없건만
아름다운 전통들은 온데간데 없고
이다지도 지금은 왜 차갑기만 하는가

푸르른 오월이면

하늘 아래 온 지상
푸르른 오월이 되면
고향 앞동산 바라보는
이내 마음은 덩달아서
푸르러 이팔청춘이 되건만

고물이 되어버린 등신
보행마저 자유롭지 못하여
풍성하고 아름다운 녹음방초
마음껏 안아보지 못하는 처지

지팡이 벗을 삼아
하늘을 바라보면서
시골생가 마당에서나
하염없이 홀로 걷는 외로움
조상님 사랑만이 그립구나

그리운 내 고향

꿈 많던 시절
두메산골 내 고향
원골 뒷동산 저편에서
늘 들려오는 기적 소리만
듣고 살았던 우물 안 개구리

암울했던 일제 치하
초등학교 졸업하고 출향
광주에 상급학교로 진학하고
자동차를 직접 보고 타보면서

주말마다 고향을 오가며
하는 학창시절 도통 고향이
무엇인지 그리움을 느껴보지 못했건만

직장 따라 서울생활 하고보니
매년 겨우 한두 번의 내왕이라
고향 산천초목까지 그리움이 사무쳐서
서울공직생활 정년하고 즉각 귀향했건만
그토록 훈훈했던 옛정은 온데간데 없네

그리움만 쌓이네

앞산을 바라보나
뒷동산을 돌아보나
오직 푸름을 자랑하건만

이 몸은 할 일 없는
노목신세 한가하게
지내야 하는 시공간이라

지난날의 수많은 사연
그리움에 쌓이고 쌓여
푸른 하늘 하염없이 바라보면

혹시라도 날 그리워
찾아오는 이 있을 것만 같아
대문 쪽을 바라보며 기다려보네

질경이처럼

모질게 밟혀 뭉그러져도
끄덕도 하지 않고 자라나는
질경이의 거룩한 생존능력이여

간신히 주어진 터전
오솔길 어설픈 흙바닥이어도
끼리끼리 자중자애하며 묵묵히 자라나

질경이라는 제 이름처럼
후대를 위한 갸륵한 생명력으로
굳세게 험한 세상 견디는 위대함

잡초로만 여겨
깔보는 세인들이여, 백성들이여
질경이처럼 끈질기게 살아 애국해보세

정신질환자 문제

역사의식의 빈곤으로
인생관, 가치관, 국가관이 희미해

앞뒤를 몰라 헤매면서도
선배 찾아 배우려 하지를 않네

천방지축 저만 잘났다며
경거망동하는 무리들이 득세하니

세상이 온통 위아래 없이 시끌시끌
선대의 은혜마저 모르고 허둥대며

남의 잘못에나 희희낙락
제 인생에 행운인 듯 즐기는 심보

오늘의 보편적 시대사조라
의식세계 정신질환자들이 문제로세

노년의 독백

오래 살다보니
노안으로 잘못 보는 수도 있지만
세상살이 장장세월 경험하며
훤히 들여다보이는 것도 있기 마련
더러는 사무치게 느낀 참회도 있어

이를 후대들에게
소상히 전해주고 싶은 맘 간절하지만
접근조차 꺼려 노인의 잔소리로만 여기니
오늘의 풍조는 매우 잘못된 현상이리라

아름다운 동방예의지국
훈훈한 전통가족제도의 붕괴로
노인존대의 미풍마저 사라져버린
지금의 부도덕 현상은 안타까운 현실
교육의 기초부터 마음가짐이
올바로 자리를 찾지 못한 문제일 것이니

나랏일 하는 도덕 불감증의 위정자!
선비정신 거울삼아 책임을 통감, 대오 각성하여
최우선, 도덕교육에 특단의 정책을 추진해서
자랑스러운 대한민국 정신세계부터 선진화시켜
온 국민이 넘치는 인정 속에 아름다운 금수강산에서
노소동락, 의젓하게 소통하며 사랑하고 살면 좋으련만

바보들아

자기들을 위해서만
나라가 있는 것처럼
부모들은 자식을 위해
평생 희생하도록 만든
싸가지 없는 지도계층 바보들아

제 나라를 위해
부모형제 이웃을 위해
자신이 할 일이 무엇인지
생각조차 미처 못 한 바보들아

나라 위한답시고
감언이설 선동으로 몽매한 백성 부추겨
심각한 국란 일으키며 나라 위상 추락시킨 바보들아

정상보다 비정상이
상식보다 비상식이 판을 치며
풍전등화에 흔들리는 이 나라
싸가지 있는 우국지사 나타나
조국대한 지키는데 앞장 서다오

보나마나 뻔한데

실세들이 하는 짓들
보나마나 뻔하구나

모자란 생각으로
영혼까지 미쳐 돌아버렸으니

부끄러움 두려움인들 알겠냐만
인간기본의 양심으로 정의감으로

조속히 개과천선하여
세정풍조 올바르게 조성하여

공복들의 엉뚱한 처신으로
주인들이 고심초사 않게 해다오

실종된 정치인 양심

두뇌만은 발달되어
물질세계 눈부시게 발전시켜 풍요롭다만

우리의 영혼, 정신세계는
가난할 대로 가난해버린 현실

공생하려는 의식은 사라지고
사리사욕으로 양심이 매몰되어
서로 물고 뜯는 살벌한 이 한 세상

코앞 사익에 눈이 멀어
천방지축 잘난 채로 날 뛰는
언필칭 실세라는 위정자들이여

역사와 선열의 가르침 받아
기본의 양심과 우국충정으로
아름답고 멋있는 정치행각 펼쳐보소

함량미달

공직수행 위한
공인으로 나서려면
투철한 봉사정신 지니고

국가와 국민을 위해
나름으로 준비했어야지
충실한 지식과 경험도 없어

함량미달인 인사들이
선거철이면 출마하여

나도 밤나무, 억이야 덕이야
몽매한 주권자 골라 현혹시켜
덩달아 설쳐대는 선거판세로다

어쨌거나 선거철에 주권자는
신성하고 귀중한 투표권 행사
최선의 선택으로 나라 사랑해야

시원한 가을바람

솔솔 불어오는
시원한 가을바람 정겹고
풍요로운 황금들판 아름답구나

지긋지긋한
여름철 무더위로
지치고 지친 우리의 심신
알기나 하느냐
한심한 위정자들이여

시원한 바람
따뜻한 햇볕으로
영글어가는 오곡백과 바라보며
그 깊은 뜻 느껴져

서로 헐뜯지들 말고 오순도순
일편단심 우국충정 사명감으로
만백성 모두 잘 살도록 힘써 다오

5부

청정하늘
구름 한 점 없이
맑고 밝아 아름답건만

녹음방초
우거진 우리 조국
나라살림 근심으로

백성마음
편하지 않사오니
전능하신 천신이시여!

선대께서
물려주신 금수강산
평화롭도록 살펴주소서

우리 후대 앞날이 짠하다

제 아무리 시력이 좋아도
하나도 아닌 두 눈을 가졌어도
제 눈으로 거울 없이는
제 얼굴도 볼 수도 없는 인간들이

어찌 만물의 영장이라
우쭐대고 설쳐대는지
제 눈도 못 보는 주제에
나랏일 저들만 잘 보아 잘 하는 척하지만

어찌 백성 마음 속 가름인들 하리요
그래도 선악은 분별하고
보편적 가치 추구하는 감성은 지녀야 하거늘
권모술수, 잔재주에만 능숙한 자칭 애국자

저 뻔뻔한 자기고집으로
제 입신양명에 눈이 멀어 패거리 싸움질만 일삼으니
어찌할거나 우리 후대 앞날이 몹시도 짠하구나

보나마나한 세상

평소 행실로
사람의 됨됨이는
가히 짐작할 수 있거늘

옳은 일들 뒷전에 제쳐두고
그릇된 일 앞세워가며

사리사욕으로 옥신각신
위국투사인양 떠드는 꼴 지겹도록 보건만

선택의 주권행사
올바로 못한 죄 뉘우치기나 하는지

복 받고자 하거든
투표권행사 잘 해야만
좋은 세상에서 살 수 있으리

정의와 양심은 어디가고

정의시여 양심이시여
그대들은 평소 누구와 어울려 지내시는지

사람이 배우게 되면
생각을 하게끔 되어있어
'정의양심'을 먹고 살기 마련이라

자신의 행복은 물론
부모형제 처자식을 위해
인류사회역사와 나라발전 하면서

삶을 누려 그 보람에 흐뭇할 텐데
공복들은 식은 죽 먹듯 왜 그리 거짓말을 잘하는지

진실은 숨길 수 없어
점심은 굶어도 양심만 먹으면
정의롭고 아름다운 인생여정 펼쳐지련만

답답한 정객들의 거짓 언행 때문에
주인공들은 온통 불안해 하니
양심과 사회정의 편에서
제발 의젓하시라 공복들이시여!

봄맞이하는 연두색이여

연두색 물이 든 봄날이로세
금수강산 대한민국 따뜻한 품 안에서

살아가는 생물 중에 식물은
자연섭리 따라 곱게 살고지고 잘도 하건만

생물 중 사람으로 태어난 정치 동물은
무엇이 그리도 잘난 존재라 설쳐만 대는지

허울 좋은 말장난 알량한 잔재주로
밤낮없이 허튼짓들에 열 올리고 있으니

어찌할거나 걱정일세 오늘 대한민국
금수강산, 조국에서 봄을 깨우는 연두색이여!

노쇠한 단풍잎은 애타게 기원하노니
새로운 희망이 샘솟는 연두색 애국심 깨달아

선대가 세워 지켜온 위대한 대한민국!
정신 바짝 차려 힘 모아 꼭꼭 지켜주오

기계만 닮아가는 인간

인간지능의 발달로
오만가지 기계 만들어
편리한 삶 누려 좋다만

기계의 위세에 억눌려
영혼은 마비되어
정이 메말라 가는 세상

기계가 인간을 닮아
사람 할 일들을 해주니
그지없이 고맙다만

사람은 이성을 잃어
기계를 닮아
인간의 기본 도리를 잊고 사니

살벌하고 각박한 관계로
변해가는 세상이라
걱정되고 걱정되어 무섭기만 하다

아무리 그래도 그렇지

인심이 험하다 해도
아무리 그래도 그렇지
분수가 있고 체면도 있어
사람의 기본 도리가 있는데

정객들의 하는 짓은
짐승만도 못해
사리분별 없이 천방지축
세상은 온통 뒤죽박죽 소란한데

애국이란 허울 좋은 구실로 자청하여
나라님 하겠다는 위인(?)은 왜 그리도 많은지
애국하는 어른들은 불쌍해서 짠하게만 보는데

뭉쳐야 하리

정이월 다 가고
춘삼월이 다가왔으니

좋은 일에 우리
정신 좀 똑바로 차리고 살아가세

대한민국이
어떻게 탄생되고
어떻게 성장해 왔는지
제대로 알고나 날뛰느냐

어찌 하는 게
가족을 위하고
나라를 위하는 길인지
진지하게 숙고한다면
우리 함께 뭉쳐야 하리

봄이 오는 소리

어느새
정이월 다가고
만물이 소생하는
춘삼월이 찾아오니

엄동설한에
마당가 반시나목 밑에
올올 떨며 움츠렸던 낙엽들
봄기운을 알아차리고

바람 따라
이리저리 구르며
정답게 바스락바스락
봄이 오는 소리를 내고 있건만

얄량한 정치판
시도 때도 없이
물불 가릴 줄 모르고
패거리 싸움으로 지새며
나라망신만 시키네

무엇이 그리 잘 났는지
자청 대권 잡겠다는 위인(?)
왜 이리 많은지 가관이로세
우리 조국! 대한민국 주인이시여!
정신 바짝 차려야 하리

나라다운 나라국민

평소 행실로
사람 됨됨이는
가히 짐작할 수 있거늘

옳은 일들은
뒷전에 제쳐두고
그릇된 일 앞세워가며

사리사욕으로
옥신각신
위국투사인양 떠드는
몰골 지겹도록 봐왔는데

귀중한 주권행사
올바로 행사 못한 죄
알고나 살고 있는지

복 받고자 하거든
주권행사만은 신중해야
나라다운 나라, 국민이

노년의 하소연

자연 순리대로 늙다보니
다리에 힘이 빠져
가보고 싶은 곳 가기 어려워
그저 집 안에서만 나날을 맴도는데

육신은 하염없이 쇠잔해지고
친구들은 늘 보고파 그리워져도
선뜻 만날 수 없는 외로운 말년 신세

누구나 늙기 마련인 자연이치
깨달은 후대들이 노옹노파의 외로움 이해하고
어차피 탈 것을 이용하는 나들이
노년을 배려하는 효심으로 동행한다면

대대손손 보기 좋은 인생살이
아름다운 세시풍조로 내림되어
미풍양속의 꽃을 피울 것이니
실세들이여 복지시책으로 펼쳐보시라

미세먼지

반세기 전엔
들어도 보지도 못한
그 이름까지 이상한 미세먼지

오늘날에는
우리 건강 해치는
무서운 존재로 명성을 떨치며

온 지구를
송두리째 점령하니
인류전체 현안 문제로 삼아

합심협력 하여
타결해야 할 중대사안
위정자들은 강구하라 해결책을

촛불을 바라보며

맨 처음 불붙인
촛불의 그 밝은 빛은
어찌됐건 마음은 흐뭇했지만

황홀했던 그 촛불
달이 가고 해가 갈수록
어두워만 가는 암울한 세태

삼척동자까지라도
함께 고민하고 심사숙고하여
촛불이 환히 타도록 동참해야지

강 건너 불 보듯
물끄러미 바라만 본다면
어찌 나라의 주인공이라 하리요

백성의 마음

청정하늘
구름 한 점 없이
맑고 밝아 아름답건만

녹음방초
우거진 우리 조국
나라살림 근심으로

백성마음
편하지 않사오니
전능하신 천신이시여!

선대께서
물려주신 금수강산
평화롭도록 살펴주소서

어설픈 말장난

뒤끝이 훤히 들여다보여도
자기편 의도만 내세우려
어설픈 말장난 이어가는데

올바로 나가도록 보살피지 않고
무책임한 수수방관 일삼고 있으니

오히려 잘못됨을
잘한 일인 양 두둔하여
대의를 져버리는 어리석음

감독권자의 안일한 운신이
공직 사회에 한심한 풍조로세

봄비 내리는 아침

부슬부슬 주룩주룩
반가운 봄비 내리는 아침
창문을 활짝 여니
풍겨오는 흙냄새 구수하고
앞산 자락 물안개도 반갑구나

구수한 솔향기에
숨소리 줄이는 새싹들
내리는 봄비 듬뿍 맞으며
서로서로 발돋움하며
오순도순 뒷동산 송죽까지 춤을 추건만

천지복판 모르는
알량한 정상배들은
무엇이 그리 잘 났는지
제 자랑에 날뛰는 꼴이니
선량한 백성들의 우국지심
아! 울화통 터져 한숨만 쉬네

무서운 바이러스

눈에 보이는 것만
무서운 것이 아니더라
눈에 보이지 않는 것이 더 무서워
오가지도 못 하는구려

온 지구촌을 뒤흔드는
코로나바이러스 보이지도 않지만

만물의 영장이란 거룩한 종속
큰소리치면서도 무능한 생명체라

오도 가도 못 하고
울 안에 원숭이 되어
자연섭리를 갈망하노니
바이러스야 냉큼 사라져다오
온 인류들이 오순도순 잘 살아가게

한다했으면 해야지

대장부 사나이가
한다했으면 투철하게 실천을 해야겠지

우물쭈물하고 넘기면
대장부 사나이가 절대로 될 수 없겠지

상황변화로 약속이행 못 할 양이면
겸허히 양해를 구해야겠지

흐지부지 슬그머니 넘기면
인간도리 아는 인격자가 아니겠지

더더욱 국사를 다루는
정치지도자들이야 더 말할 나위 없겠지

저질화 된 두뇌

사리사욕으로 저질화 된 두뇌
체면도 염치도 양심마저 없는

정객들의 언행을 보면
우선 경쟁자의 약점이나

들추어 흠집 내는 것만이
정치적 수환이요 능력인양

시도 때도 없이 설치나니
듣기에 민망하고 서글프다

대권을 잡겠다는 주제에
겨우 그 정도 인품이라니

5월이 오면

언제나 5월이 오면
그 푸르른 자연산천이여
변함없이 정답고 아름다운 모습

가까이서 보나
멀리서 보나
연년세세 청순하고
아름다운 그 장엄함 속에서

숨 크게 쉬는 이들은
산천의 푸르른 품안이
그토록 고마운 줄도 모르고

나랏일 한답시고
서로가 서로의 약점 들춰가며
살벌한 다툼 일삼는
옹졸한 졸장부의 운신뿐이라

나라 앞날 걱정하는
지성인의 애타는 한숨소리
조국강산을 흔들고만 있네

외로운 역사서적

정다운 벗이
많아야 할 역사 책들이

전자 물질에 밀려
외로운 세상살이라서

역사의식 결함으로
경솔한 정치판 언동이니

미워할 수밖에 없는
실세들이 너무나 많아

청년의 앞날 걱정하는
노년의 서글픈 한숨소리

부록

−에세이

고목이 가 본 대륙

대중탕에서 받은 감동

고목이 가 본 대륙
―아프리카 케냐 기행문(2014년)

◆해외여행―말이 쉽지 산수를 훨씬 넘긴 고목인 주제에 '아프리카' 여행을 다녀왔다는 것은 정말로 하나님의 뜻인지 나의 운명의 장난이었는지 좌우지간 3주간을 검은 대륙, '케냐'에서 꿈이 아닐까 착각하며 2, 3세들과 함께 즐기다 왔으니 오래 살고 볼 일인 것 싶다.

◆6월 30일―땀을 흘리며 인천국제공항을 출발하는 일행은 늙어버린 우리 내외와 며느리 친정 노부모, 아들 내외, 작년에 혼인한 큰손녀 내외, 이번에 혼인한 막내 손녀 내외 등이 함께하는 피서여행으로 우리를 초청해주신 막내 손녀 시부모 등 모두 12명이 함께 편안한 기내자리를 차지하고 50대 중반 새 사돈 내외분의 치밀한 여행계획에 따라 정겹고 분에 넘치는 대접을 받으며 '아부다비'국제공항을 경위 14시간의 비행 끝에 '케냐'의 수도 '나이로비' 공항에 내리니 우리나라 초겨울날씨로 좀 쌀쌀한 기분이 들었다.

　◆7월 1일−준비된 3대의 승용차에 몸을 실은 일행이 들어서는 초청인사 주인장저택(손녀시부모집)은 아름다운 호화주택으로 흑인(상주고용인 내외)이 우리를 함박웃음으로 반기며 대문을 활짝 열어주었다. 들은 바에 의하면 지난 91년도에 젊은이들이 선호했던 서울에 있는 직장을 주변에서 만류했음에도 사임하고서 대망의 꿈을 가슴에 품

고 만리타국, 이곳 '케냐'에 도전(이민)하여 성공한 C사장과 남다른 인연이 되어 나는 꿈에도 밟으리라 생각조차도 못한 아프리카 땅, '케냐' 수도 '나이로비' 시내복판에 위치한 푹신한 저택에서 우리 일행은 첫날밤을 맞았다. 3층 집에 일행 내외들이 각기 방 하나씩을 차지하고 여장을 풀고 나니 자연히 집 안과 밖을 구경부터 하게 되었는데 응접실을 위시한 실내장식의 디자인이 하이칼라 수준이요 박물관으로 착각할 소장품들이 놓여야 할 자리에서 폼을 잡고 있었고 넓은 마당에 수영장과 아름다운 조경수, 조형물, 잔디밭을 보니 감탄사가 절로 나왔다.

사람이 잘 산다는 것이 대관절 어떤 것일까? 우선은 의식주에서 피부에 와 닿는데서 느껴지리라 생각할 때 정말로 흑인원주민을 거느리며 다스리고 국위선양하며 잘 살고 있는 그 장한능력, 그 모습은 한국인의 긍지에서 찡한 자랑으로 흐뭇한 마음, 즐거운 기분으로 첫날밤을 보냈다.

◆7월 2일─첫날 '나이로비' 시내 구경부터 나서는데 시내 풍경이 60년대 우리나라 주거환경에 도로사정이라고 나 할까? 한참 성장도상에 접어든 듯 했는데 검은 피부의 원주민들의 힘찬 발걸음은 늠름하고 특히 건장한 여인들의 앞가슴과 엉덩이는 왜 그리도 풍만해 보이는지? 그러기에 세계최고의 출생률을 가진 국민인가 싶었다.

　비록 검은 얼굴이지만 눈망울은 정이 넘치는 시민들의
인상. 승용차로만 이동하는데 일본과 호주처럼 우측 운전
대, 우측 통행이라 내 눈에는 횡단보도 표시도 없는 도로
사정으로 조마조마했건만 잘도 달리고 잘도 피하는 자동
차통행과 사람보행이 조화로웠다. 차종은 주로 독일제,
일제가 많았고 우리나라 자동차는 눈에 띄지를 않았다 '나
이로비'에도 빈부의 격차가 심한 듯이 보이는 주택들이 있
었고 주민들의 표정에서도 짐작이 됐다.

　우리 일행은 아프리카대륙에 여러 나라 중 선진모범국
가인 '케냐'의 수도 '나이로비' 번화가 '빌리지 마켓'을 구경
하고 '아트카페'에서 점심을 먹은 후 현지 재래과실시장을
둘러보고 나서 원숭이공원에 들러 원숭이와 더불어 놀다
시내를 두루 돌아보고 '고향'이란 간판의 꽤 큰 일식당(한

국인 경영)에서 철판 요리로 만찬을 즐긴 후에 귀가하였는데 해발 1,700미터 고지대인 '케냐'는 지금이 겨울철이라는데도 춥지도 않은 기온으로 난 얇은 내복을 입어서인지 무척 상쾌하기 만했다.

◆7월 3일-광활한 초원의 지평선을 바라보며 울창한 밀림, 풍성한 초원에서 제멋대로 먹고 노는 동물들을 눈에 담으며 '텐트캠프장'으로 이동, 1박을 하니 모든 것이 신기롭기만 하여 옛날 태고를 연상하며 자연에서 동물과 하루를 보내고 4일에는 '마운틴 케냐 사파리클럽'으로 옮겨가 남녀노소 3대가 특수한 호텔투숙으로 즐기다 5일에 '나이로비'로 되돌아와 고급 식당가에서 양고기 위주로 저녁을 먹고 본거지(주인장 집)로 찾아드니 여간 즐거워 평생을 살던 내 집으로 돌아온 기분이었다.

　◆7월 6일-집에서 마련한 한식으로 한국산 식자재인 쌀, 김치, 나물, 고추장, 된장국 등 정성어린 좋은 반찬에 아침을 먹고 젊은 층은 모두 골프장으로 행차하고 노년층을 배려한 관광으로 녹차농원을 향해 주인장 손수 운전으로 고급자동차는 달렸다. 차창 밖으로 바라보는 도로변 풍경인즉 소, 말, 양등 온갖 짐승 떼들이 군데군데 풀을 뜯고 주인인 듯 한가로이 길옆 초원에 허름한 옷을 걸치고 누워있는 흑인들의 표정은 한가롭고 평화롭기만 했다. 2시간쯤 달려 펼쳐지는 녹차농원이 너무도 넓어 숨이 찰 지경으로 우리나라 보성녹차 밭을 10개쯤 모아놓은 푸르디푸른 광야! 정말 푸른색으로 장관을 이루는데 녹차 밭 고랑 사이 여기저기에 우뚝 서 있는 이름 모를 푸르고 큰 고목그늘 아래에서 휴식을 취하는 흑인들의 모습도 인상적이었다. 이날 저녁은 주인장과 동업하는 인도인 친구, '바라다' 형제가족과 번화가에 있는 인도인 식당에서 인도

음식을 먹었는데 어딘가 우리의 입맛에는 좀 그랬다.

◆7월 7일-일요일이라 아침을 집에서 먹은 우리 일행은 오전 10시쯤에 '나이로비' 한인연합교회를 방문하여 아멘을 하고 한국교포들과 어울려 정담을 나누며 점심을 먹었다. '케냐'에 사는 교포는 1천여 명 정도라 하였는데 이날 교회에는 60여 명이 나와 교포끼리 예배를 보는 모습이 무척이나 아름답고 정겨워 보였다.

이날 오후는 내 큰손녀 내외가 먼저 귀국하는 날이다. 까닭은 제 동생 혼사로 일시 미국에서 귀국했기에 이번 여행에 합류했으나 제 남편의 직장이 있는 미국 '시카고'로 남편을 따라 다시 가야 하기에 먼저 귀국길에 오른 것인데 여간 서운했다. 언제 내가 그놈들하고 여행을 함께할 기회가 있을까를 생각하니 눈시울이 뜨거웠는데 '케냐' 땅을 밟은 지 일주일이 어느새 금방 지나 먼저 '나이로비'를 떠나게 되었으므로 몹시 서운했던 것이다.

◆7월 8일-1시간 남짓 날아가는 경비행기 편으로 '몸바사'지역으로 3박 4일 일정에 일행 10명이 이동을 하여 '레오파도호텔'에 투숙을 했다. 고급 호텔 5개의 방에 여장을 풀고 인도양 푸른 바다 수평선을 멀리 바라보고 바닷물에 발을 담가보니 하늘나라 천당에 온 기분이었다.

4일간을 호텔 뷔페음식을 즐기면서 호텔주변 경관이 좋은 해안가에서 낙타도 타보는 등 이국적인 정취를 만낀하니 이게 꿈인가 생시인가 그것도 2, 3세들의 보살핌 속에 그 어디와 사돈집과는 멀어야 한다는 속담도 있는데 모처럼 친사돈들과 가까이 보내는 여행으로 즐거운 피서휴식을 배려해준 아들에게 대한 고마움을 애비로서 금할 수가 없었다.

　◆7월 11일–경비행기 편으로 '나이로비'로 다시 돌아와 사돈 주인장이 경영하는 공장을 시찰하고 공장식당에서 정성을 들여 준비한 한국음식 육개장으로 점심을 맛있게 먹고 공장현황에 대한 설명을 들은 후 주인장 집으로 다시 돌아오니 집안일을 책임지고 수행하는 40대 흑인 내외와 네 마리의 팔자 좋은 애견들이 꼬리를 치며 구면이라고 반겨주었다.

　◆7월 12일–이날 하루는 노장파는 집 안에서 넓은 정원 잔디밭을 들락날락 하면서 느긋하게 양주로 한잔도 하고 고스톱도 치며 정담으로 휴식을 취하고 소장파는 골프장에서 하루 종일을 보냈다.

◆7월 13일—경비행기로 2박 3일 일정의 '마사이마라'로 날아가 내리니 비행장 활주로가 우거진 초원광야 가운데 있었는데 비포장 땅이라 하도 이상스러워 몇 번을 살펴봤지만 밋밋한 맨 땅이었다 '세레나호텔'에 투숙하며 본격적인 사파리 관광길에 나섰는데 넓은 들판, 동물의 왕국 중심위치에 있는 호텔에 묵으면서 차량을 이용하여 들랑날랑 외국관광객들과 함께 사방팔방을 돌며 동물구경을 하였다.

우리 일행은 특수차량 2대로 넓은 초원, 밀림사이 여기저기를 달리며 사자, 얼룩말, 소, 기린, 돼지, 코끼리, 여우, 사슴, 꿩 등 오만가지 동물들을 보았는데, 우리나라의 가을 황금 들판 같은 초원에서 유유자적 제멋대로 공생하는 모습이야말로 자연이 살아 숨 쉬는 동물의 지상낙원이 분명했었다.

　◆7월 14일–TV에서나 보았던 경이롭고 놀라운 광경…
숫자를 헤아릴 수 없는 수많은 소떼와 얼룩말들이 위협을
무릅쓰고 강을 건너가는 광경을 3대 가족이 함께 볼 수가
있었으니 안내하는 특수차량 기사 말마따나 노년에 운수
대통한 절호의 기회가 포착되어 좋은 구경을 한 것이다.
하지만 강을 건너가다 악어에 물려 물 위에 붉은 피를 뿌
리며 악어먹이가 되어 쓰러지는 장면… 강을 건너기 위해
낭떠러지 절벽을 뛰어내리다 그만 다리가 부러져 오도 가
도 못한 얼룩말도 봤고, 제 부모나 제 처자식이 뒤따라 강
을 건너지 못해(안내인의 설명) 강을 다시 외로이 되돌아 건
너가는 놈도 눈에 담았으니, 그 모습이 왠지 잊히지 않는
다. 사람이나 동물이나 적자생존이라 생각하면 그만인데
말이다.

◆7월 15일−다시 '나이로비' 주인장 집으로 돌아와 묵으며 푹 쉬었고(젊은층 2, 3세들은 골프장을 가고) 16일에는 시내쇼핑을 하고 한국인이 운영하는 '사파리파크호텔' 중국음식코스로 저녁식사를 한 후 흑인연예인이 펼치는 쇼도 보고 같이 기념촬영을 했는가 하면 카지노에 들러 밤늦도록 우리 일행 남녀노소는 어린애들처럼 즐기다 귀가하였다.

◆7월 17일−일찍 서두른 조찬 직후에 젊은 층은 골프장으로 가고 노년층은 집 안에서 정담으로 휴식을 취하다 저녁 식사는 며칠 전날에 갔던 일식식당 '고향'에서 주인장 공장에서 근무하는 공장장 등 교포 몇 사람과 우리 일행이 함께 만나 만찬을 하게 되었기에 내 딴에는 나이가

제일 많아 명색 어른이란 구실로 체면을 좀 세워볼 양으로 음식 값을 지불하려고 나섰으나 식당주인(이민수 사장)이 현실대로 나를 실업가 아닌 실업자로 여겼는지 한사코 거절하고 경로우대라면서 호의를 베풀었다. 정말로 고마웠다.

◆7월 18일─주인장이 구입해놓은 땅이 180만여 평에 이른다는 '기피피리'지역으로 달렸다. 우리 일행이 가는 길은 주로 비포장도로인데 차창 밖으로 보이는 광경이 이국적이라 환상직이지만 6·25전쟁 직후 우리나라처럼 판잣집이 널브러졌고 길가에 있는 노변시장 등 삶의 모습은 대부분이 빈곤한 것 같았지만, 표정들은 여유만만하고 평화로웠다. 여기저기에 삼삼오오 풀을 뜯고 있는 많은 동물이 이 땅에 진정한 주인인 듯 느끼면서 2시간이 넘게 달려 당도하니 주인장이 사놓은 땅, 별천지가 눈부셨다.

여의도 면적 80%에 달한다는 땅에 건립한 지 100년이 가깝다는 옛날 건물 여러 동이 현존하여 각각 정해준 방으로 찾아드니 실내외 생활시설, 침대 등이 가관이다. 원래 영국 식민지 치하에서 힘 있던 독일인이 이민 와 개척하고 서구식으로 다듬어가며 멋을 부리고 살았던 흔적이 너무도 역력했다.

 이곳 땅은 '케냐' 안에 다른 지역보다 비옥하여 고추, 배추, 무, 딸기, 호박, 수박 등등 우리 한국 토종 채소류 모종을 들여와 재배하고 있었는데 우리 한국인 50대 초반 최 아무개 관리소장이 현장을 책임을 지고 원주민(흑인)들 수십 명을 거느리고 다스리면서 농사일 지도자로서 신명 나는 삶을 불사르고 있었다.

 젊은 노동인력이 아주 풍부한 나라라 노임 일당이 한국화폐로 치면 7천여 원 정도라니 웃기는 일이다. 그도 감사해서 현지흑인들은 고용주에게 충성을 다 한다고 한다. 저녁, 아침식사는 이곳 농장식당에서 준비한 삼겹살 숯불구이에 이곳 농장에서 직접 재배한 채소류 반찬으로 맛있게 먹으면서 보배로운 땅덩어리에 대한 사돈주인장 설명을 들었다.

 설명인즉 이곳은 토질이 비옥하고 기후도 좋을 뿐 아니라 배산임수 자연경관이 뛰어나 '케냐'에서 명승지가 될

만한 곳으로 독일 사람이 점령하고 다듬었던 땅이 그 사람의 별세로 수년간 방치된 후 운 좋게도 한국인인 자기에게로 매도되어 2년 전에 인수했다고 하며 여기에다 지역주민을 위한 교육시설(학교)을 우선적으로 짓고 나서 관광지화 되도록 호텔, 리조트, 골프장 등을 짓고 경비행장까지 마련하겠다는 원대한 포부를 밝혔다. 정말로 장한 계획을 세우고 있었다. 자랑스러웠다.

◆7월 19일-눈부셨던 '기피피리' 농장을 오전 11시에 출발하여 '나이로비'로 돌아와 점심은 이탈리아인이 경영한다는 식당에서, 저녁식사는 '서울가든'이란 교포경영 한식당에서 하고 또 카지노에 들러 즐거운 시간을 보내다 저택으로 밤늦게야 귀가하였다.

◆7월 20일-주말 토요일로 주간에는 주인장 주최로 교민친선골프대회를 가졌고 저녁에는 '나이로비' 거주교민 50명의 유지들을 초청하여 자택에서 가든파티로 만찬을 베풀어 우리 일행을 소개하기도 했는데 축배제의를 받은 나는 하도 기분이 좋아 축배제의 구호를 '기분이 좋아요'로 정하고 내가 먼저 '기분이' 하면 받아서 '좋아요'라고 크게 외치기를 권했더니만, 큰 소리로 외쳐주고 우렁찬 박수까지 보내주어 삶의 맛이 이런가 싶도록 즐거웠는데 행사를 주관하여 치르는 주인장의 운신이 정이 넘치는 인간미로 매우 슬기로움을 느끼게 했다.

　◆7월 21일-3주간을 '케냐'에서 눈물겹도록 융숭한 대접
을 받으며 즐거운 나날을 보내고 드디어 귀국길에 나서면서
케냐교포연합교회에 들러 예배를 본 후 점심을 먹고 2시 50
분발 비행기에 오르면서 주인장 내외, 환송의 손짓을 바라
보니 유구무언으로 그저 감개무량했다. 한없이 고마웠다.

　◆내가 만약 40대쯤으로 되돌아갈 수 있다면 '케냐'로
나가서 한 20년쯤 도전정신, 개척정신으로 그들과 함께
어울려 삶을 누리다 60대 말쯤이 되면 귀국하면 좋겠는
데… 하는 망상을 하다 편안한 자리에서 한참을 자고 나

니 자랑스럽고 장엄한 인천국제공항에 도착되어 무더위 속에 멋들어진 우리나라 도로를 달려 도도히 흐르는 한강을 건너 내 집을 찾아들고 보니 금수강산 대한민국에 태어난 국민임이 이렇게도 자랑스럽고 행복하구나.

◆쇠잔한 노동(老童)인지라 거동이 부드럽지 못해 뜻과 같이 도보로는 구석구석까지를 살피지 못하고 주로 자동차로만 달리며 일부분만 건성으로 살펴본 세계에서 두 번째로 넓은 대륙(세계 육지 면적의 23.3%)이었지만 태고 모습과 현대 문명이 공존하는 이 땅덩어리는 내보기에 짐승(동물)들에게만 계속 맡겨 둘 땅이 아닌 것 같았으니 대한의 머리 좋은 젊은 청년들이여! 생각해보시라 오늘날, 지금은 지구촌시대 아닌가?

◆바라노니 좁은 땅 국내에서만 우물 안 개구리로 우물우물 버티지 말고 굳센 의지로 원대한 포부로 도전적 개척자 정신으로 지난 1963년도에 영국으로부터 독립한 발전도상에 있는 나라, '케냐'(한국의 6배 면적)와 같은 바다 건너 넓은 대륙에 숨어있는 희망봉을 찾아 해외로 멀리멀리 웅비하여 자기성장을 위해, 나라를 위해, 혈기왕성한 젊음을 불태우다 귀국할지어다. 정말로 바라건대 나의 소박한 이 소망을 늙어빠진 고목의 부질없는 푸념, 넋두리로 여기지 않았으면 좋겠다.

대중탕에서 받은 감동

지난 연말 어느 일요일에 겪은 일이다 내사는 아파트단지주변 고층빌딩에 새로 생겼다는 대중탕을 나 홀로 찾아갔었는데 보기에 아름다웠고 어쩐지 내 스스로가 느닷없이 대접받는 것처럼 마음이 너무도 흐뭇했었다.

내 나이와 비슷하게 느껴진 백발노인을 50대쯤 보이는 장년과 20대 초반으로 보이는 청년이 말 그대로 적나라한 몸가짐으로 나란히 허리를 구부리고 서서 노인의 온몸을 목욕수건으로 닦으며 무척 즐거워하는 모습이며 흐뭇한 표정을 지으며 양손을 바닥에 대고 지그시 눈을 감고 점잔하게 앉아있는 노인 모습에서 여간 다복한 가족으로 여겨져서 크게 감동을 받았었다.

면면으로 보아 틀림없이 그 할아버지의 아들이요, 손자 3대가족임을 직감할 수 있어서 너무나도 흐뭇하게 느껴져 가만히 있을 수가 없어 때밀이가 거의 끝날 무렵에 그 백발노인 곁으로 슬슬 다가가 실례를 무릅쓰고 살짝 '춘추가 어이되시느냐'고 물었더니만 나를 유심히 바라보면서 자기처럼 늙은 등신이 물어서인지 '명년이 미수(88세)요만, 왜 물으시오' 웃음으로 알려주고는 내 나이도 물어와 사실대로 저와 갑이시네요 했더니 손을 내밀어 악수를 청하며 반갑게 대해 정식으로 통성명인사를 나누게 되었다.

그러다보니 자연스럽게 두 노동(老童)이 나체로 초면 인사
하게 된 것이 여간 즐거워 진담농담으로 많은 이야기를 거리
낌 없이 하게 되었는데 자기는 부모은덕으로 하여 그 어려
운 시절인 지난 50년대에 미국으로 유학을 하여 공학박사학
위도 받아가지고 귀국해 대학교수로 근 40년 동안 후대들을
가르친 후 은퇴했음을 밝혀주고서 자기 등을 닦아준 놈이 중
앙청에 다니는 장남이요 그놈 등을 밀어준 놈이 S공대 국비
장학생으로 공부를 매우 잘하는 장손이라고 은근히 손자를
자랑하고서는 그들을 불러 세워 인사까지 시켜주었다.

그리고 묻지도 않았지만 자기노후생활상까지도 소상히 알
려주었는데 지금은 자기고향 강릉산촌에서 부부 둘이서만
살고 있고 큰아들이 이곳 신도시로 어제 이사를 했다기에 오
늘처음 여기를 왔음으로 며칠 머무를 예정이라면서 몹시 후
지기만 했던 파주교하지역이 어느새 별천지로 눈부시게 탈
바꿈됐다며 풍수지리설까지 들먹여가며 좋은 고장으로 자기
후대들이 찾아들어 살게 돼 아주 기쁘다면서 날더러도 노후
보금자리를 아주 잘 선택했다는 말로 추켜세워 주었다.

그런데 어찌나 입담이 좋은 분인지 나는 별로 말할 틈새
도 없어서 주로 듣기만 했는데 나의 신상도 물어와 사실대
로 30여 년간을 봉직했던 서울시공직생활을 정년으로 마

감한 후에야 남쪽고향에 방치되어있던 생가를 손질해놓고 노후생활을 고향땅을 오며가며 지낸다했더니 어쩌면 동갑내기라 노후생활방식도 거의 같다며 박장대소를 했다.

그러고서는 자기의 생가건물은 허물어져서 없어졌지만 넓은 생가터전은 그대로 남아있어서 자기도 조상을 그리워하며 퇴직한 후에 맘먹고 장차에는 자손들의 별장이 되리라고 예상돼서 아담한 한옥을 손수설계로 내부는 양식으로 지어놓고 여생을 자연과 더불어 즐기지만 오랜 서울생활로 인한 인연으로 친구들 만나려고 내외가 공히 서울 수도권은 자주 오게 된다고 했다.

그러면서 날더러 정식으로 초청을 하니 명년에 따뜻한 봄이 되면 꼭 강릉으로 한번 찾아오라면서 탕 밖 탈의실로 앞서나간 손자의 부축을 받으며 '먼저 실례하겠습니다.' 하기에 악수를 하고 몹시 서운섭섭하게 헤어지게 되었는데 대화중에는 생각하고 있었었건만, 아쉽게도 깜박하고 그만 전화번호하나 알려 주고받지를 못한 것이 후회막심하다.

그런데 그분도 역시 탈의실로 걸어가는 거름걸이 폼을 유심히 보니 내 걸음걸이처럼 유연하지 못했다 하지만 청춘이란 나이의 문제가 아니라 마음의 문제라더니 그분의 말솜씨나 음성으로는 청춘인 듯 정열이 넘쳤었다. 그렇지만 노쇠현상은 어쩔 수 없어서 우리는 인사는 나눴지만 이름도 성도 기억을 못한 채 그만 헤어지고만 것 아닌가.

그러나저러나 무슨 수를 쓰든지 간에 만물이 소생하는 봄날이 오면 다시 동갑내기 그분을 꼭 만나보게 될 것만 같은 예감이 들고 그분의 품위 있는 가풍 분위기도 상상하게 되는데 그날의 행복스러운 3대 가족 목욕광경이 부러움에서인지 오늘따라 내 눈에 너무도 선명하게 다가오는구나.